U0067883

# 世事如棋

Jaja、君靈鈴、六色羽、藍色水銀　合著

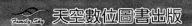
天空數位圖書出版

# 目　錄

# 大公司小職員——職場生活學（一）
# 別當隻高傲的菜鳥

文：Jaja

很多剛畢業就可以在大公司上班的社會新鮮人，往往會忽略很多小眉角，這就是為什麼其他老中青同事會覺得他們沒有禮貌而且又是爛草莓的原因。

筆者一開始還在念大學夜校，很慶幸找到了一間頗有知名度的外商公司，在人事部門工作，因為並非國立大學只是有名的私立大學，所以在公司自然不會產生像是某些「優等生大頭症」。

所謂「優等生大頭症」，字面上來看就很清楚了，坊間部分國立大學的學生因為自己出於這類學校，所以總是產生一種高傲情節——這也是現今很多公司不願意聘請從太好的學校畢業出來之新鮮人的原因，因為他們就算不了解工作就算了，基本人情禮貌也完全沒有學會，別先急著怪他們，第一學府沒教他們這些道理，只是讓他們有學校意識，覺得自己超棒而已。

如此的大頭症會產生幾種錯誤——例如犯錯打死不承認，都說是別人錯——拜託一下吼，就算哈佛生也知道甚麼叫做道歉——做錯事道歉並不可恥，可恥的是你不願意承認，就好像你承認就會讓人生多了這個汙點一樣。

這樣只會讓公司老鳥在背後議論你，以為自己念國立大學很厲害？真是抱歉，在公司只有懂著拿捏人際和了解做事方式的人才是高手。

大頭症不光發生在優等生身上，這有時也是發生在嬌生慣養或者活在自我世界的人身上。

　　上班第一天打扮得太過於時髦、提著高級皮包——買得起名牌你還來上班幹嘛——女生裙子穿太短、鞋子穿超高，走路超大聲⋯⋯別人還以為是梅麗史翠普「穿著 prada 的惡魔」走錯棚，不論男女，衣服上不要太過有攻擊性。

　　第一印象很容易被別人認知，穿錯衣服產生不好的誤解，就算你是一個好孩子，老鳥們也會因為怎樣的穿著來評斷你，人畢竟是視覺感官動物。

　　穿著也不能太過於隨便，以前就認識一個菜鳥進公司，每天穿得好像要去家裡樓下倒垃圾，最後一年合約過，就沒有再被續約了，原因就是給人不夠尊重公司的形象，感覺毫無辦事能力可言。

　　還是新人時，尤其特別要注意穿著，除了不可有攻擊性之外，重要是得體乾淨，你未來想怎麼穿，等確認這間公司真的要你之後，再慢慢改變就好。

　　鞋子是最常被忽略的小地方，有許多新鮮人喜歡穿超高高跟鞋，為了比例讓自己更好看，但是太高的高跟鞋，會給人霸道和高傲的形象，所以，建議還是穿低於三公分的鞋就好——沒人會在乎你腿長比例——大家只會看到你高傲和自以為是的一面。

　　有很多人，不管是不是新人，都以為大家在看自己所以特別想穿得突顯，你如果穿得太誇張別人當然會看，但是同時別人也會覺得你腦子有問題。

在馬路上，這是科技時代，大家看手機都來不及了，還有空注意你？

在公司，是形象判斷的地方，大家表面在工作，但其實都會在背後評價新人。

# 大公司小職員——職場生活學（二）別當眼睛長在頭上的菜鳥

文：Jaja

　　我在人事部門待了將近十年，十年的前期我曾擔任過公司最小的職位：行政助理，美其名叫行政助理，其實就是「公司奴才」，這個職位是一個灰暗地帶，照常理來看，薪水是公司派發得，我只需要全心全意完成公司交代的任務就好。

　　但是不知道為何，公司卻有個不成文的潛規則──替同事處理私人的雜事。幫忙寄信、換統一發票、繳信用卡，一些私人雜務；你一定難以想像在這間外商大公司，那些人懶惰成甚麼德行。

　　不幫忙他們，還會耍小孩子脾氣哩！

　　在決定進這家公司，我就下決心要在這成為一個受歡迎的人。

　　因此我開始做一些平常自己根本不會做得事──和每個人打招呼。

　　我能明白這有多丟臉，尤其剛踏入公司沒多少人認識自己，有些人甚至一臉狐疑，就好像我是一個裝熟的白痴一樣。

　　但是我還是拉下臉和每個人打招呼，不管是誰，不管是甚麼官階，不管對方有沒有理我──就連打掃的阿姨我也跟她說：「妳好。」

　　自然而然我多了許多朋友和靠山，經過一年差不多同事基礎穩定，我發現：和我有交情的同事，絕不會叫我做他們的私人雜事；相反地，和我不怎樣的同事，反而不要臉到拼命需要我幫忙。

　　因為是簽約公司，流動率有時很快，尤其航空業慢慢蕭條，自然而然就有很多新鮮菜鳥進公司，這些菜鳥有的跟我不錯，有的別說跟我講

兩句話了，連看都不看我一眼，因為他們覺得我只是公司奴才，不需要對我阿諛。

我們當然不需要別人的阿諛，只要在公司有幾個固定的真心夥伴就夠了，每個部門我都有自己的朋友，不管是普通員工還是官階級，我都一視同仁，並不會因為對方是普通員工就假裝不打招呼，更不會有官階階級，就諂媚到底。

因為我很清楚，公司的流動率快，這些人不可能永遠都保持在同樣地位，有些人會被貶職，相對地有些人也會晉升。

這都是新進菜鳥不了解得，他們以為只要阿諛諂媚有官階的人，他們就能繼續獲得續約，留在原公司。

可是他們卻不曉得，公司如同一個大染缸，每個人混濁在裡頭，誰也看不清楚是誰；你以為你討好上司就好，然後對下層的人假裝不聞不問把他當空氣，你真以為你會得到甚麼？有的上司，說穿了也只是有官運，完全是一個空殼罷了——要經過人事變動，他們還得聽聽自己信任的人有何意見呢。

公司進來幾隻菜鳥，大部分都很有禮貌笑臉迎人。

唯獨一個，眼中只有上司或者有抬頭階級的人，別說對我了，對其他人，這個不懂世故的小女孩連普通員工也看不上眼。

大家已經開始在背後說她閒話，你怎麼做別人都看在眼裡。

你說你不在意，別人怎麼看——但是你知道嗎？別人是可以決策你的事業的。

這些導火線，因為某天她大搖大擺叫我去幫她換發票而引爆：「請妳幫我換發票。」她說得天經地義。

這種態度讓我哭笑不得，我回答她：「誰說我可以幫妳換？」

「大家。」最好是大家，她人緣差到只有他們部門的人願意理她。

很容易猜到是誰，我也不願意揭穿，這跟她是不是菜鳥無關，而是她從來沒正眼看過我，今天卻來要求我幫她換中獎發票？

妳到底要不要臉啊？

「我今天很忙，妳自己想辦法換。」我委婉拒絕了。

「那我請妳吃飯。」誰要妳這一頓飯啊？

「不用，謝謝。」我回答，急著打發她走。

她不甘不願，唉聲嘆氣離開之後，我馬上打給她的經理，用笑話的方式娓娓道出剛才發生的事。

當下她當然沒被解約，但是過了一個月之後，她的試用期並沒有過。

百分之九十九的菜鳥都過了，唯獨她這個百分之一。

　　我並不在意她有沒有理我，一家公司那麼大，怎麼可能每個人都喜歡你或者理你？我在意的點是：妳連我名字都叫不出來，竟然還有臉叫我幫她換中獎的發票？

　　她以為我的權力不大，我的確實質上沒有任何權力；但是我就如同白蟻一般，你看不見容易忽略，但是卻一小隻一小隻慢慢啃蝕著整棟大樓，直到房子倒塌。

　　所以別光顧著巴結上司，眼睛長在頭頂上，沒人會願意幫忙你。

　　公司是一個合群互惠的團體，光是巴結上司真的沒有用，上司只是一個軀殼，他們還是希望聽從大眾的意見。

　　這就如同總統要聽從大部分民意一樣，國家和公司才能永續發展。

世事如棋

# 大公司小職員——職場生活學（三）
# 公司不是你的家

文：Jaja

大部分的時間我們都在公司，和同事相處的時間過長，這種狀況容易讓我們對於同事產生另一種特別的依賴感，不是兩性之間的依賴，而是有點類似像是家人般的依賴。

我們都知道對於家人，大部分的人是最直接表現出自己情感和慾望的，如同一個想多吃一顆糖的孩子，在家裡孩子們總是曉得會撒嬌和討糖吃，但是在學校，大部分的孩子都是會克制自己對糖的慾望，因為他們的潛意識認為，學校和家裡不一樣，在家中你可以厚著臉皮或者撒嬌和爸媽多要求一顆糖，但是在學校，他們卻突然對於同學手上的棒棒糖不聞不問。

當然也有少部分的孩子是例外的，他們可能被寵上天，也可能他們天性驕傲，嬌生慣養，認為世界是為自己而旋轉著。

然而在公司，一群年齡層至少有二十歲以上的團體，卻總是有著幾個長不大的孩子，有的如同惡霸，有的卻愛哭得讓人不知所措。

認真想想就會覺得非常可笑，都是成年人的公司，怎麼會變得比幼稚園和小學生還要幼稚？

和我同部門的同事 NANA 是一個年齡三十快四十的女人，一開始她的熱情表現，真的讓我嚇了一跳。

畢竟在公司，不會有人初次見面就會開始告訴你，她所有的煩惱和家裡的大小事，然後她像塊嚼爛的口香糖，黏著你的頭髮，你非得用剪刀狠心剪下，才能了斷這段關係。

一開始我以為，她只告訴我，後來我發現她完全就是逢人必講，公婆的煩惱、老公的私密事、上班不愉快、對哪個上司不爽，她全部到處說、到處托盤而出。

同事們就像一開始的我一樣，會好好關心和安慰她，但是久了之後，你會發現她其實只是想講而已，她把她所有負面情緒帶到所有地方，不論是家裡還是公司，甚至兒子的幼稚園，所有人都知道，她過得水深火熱，而且越說越傷心，越講越痛苦，好像完全沒有辦法解決。

這類型的人，通常不會自殺，因為他們時時刻刻地在情緒勒索別人。

我坐在她隔壁，發現她不光是情緒上的勒索，就連她的行為也開始出軌，她會摔東西，會大哭，哭到就連隔壁部門也聽得到。

面對這種行為，老實說，雖然大家都是成年人，但是在無形之中還是感受到一些些的壓迫，而且說真的，難道我們的家庭就沒有問題嗎？我們是真的很愛我們的工作？我們對現況一定滿意嗎？

只能說她走錯行，這麼愛宣揚一些事情，真應該去上「震震有詞」，否則就完全浪費了她的「才華」。

許多同事將自己的感情毫不保留的表現出來，完全沒顧慮其他人的感受，這種人我在很久以前於報章上有談論過這類型的行為，我稱為「野狗效應」。這樣說吧，路上的野狗為什麼對你叫？只是牠想而已，牠不在乎人類的反應，牠就是想——所以當你碰到這種事情，你第一個反應一定就是離開，隨便牠去繼續亂叫。

　　面對這種只會叫而無法做別的野狗，就像那些把自己私人情緒帶來卻不願意改變的同事一樣；你無法改變他們想法，那你就盡量閃避，也不要和他們爭論，本人嘗試過了，被反咬好幾口，簡直無可救藥。

　　也奉勸那些喜歡在公司到處宣揚自己私事的人，乾脆去報名參加脫口秀節目，一次把要講的講完，你也不會那麼累，難道你一天到晚說，嘴巴不會酸嗎？大家聽到都快煩死了，沒有人是真的同情你，大家只是在八卦你而已，背後說你是個腦袋有洞的怪胎。

# 大公司小職員——職場生活學（四）當你的老闆總是叫你幹些蠢事

文：Jaja

別騙自己了！在我們這些小員工的眼中，大部分的老闆都是愚蠢的。

請注意，我說得是「大部分」，而並非全部的老闆。

相信你一定也有這種經驗，一件簡單的事情，老闆總是會喜歡搞得複雜化，或者一件明明不需要你去做的事情，他非得要你花心思來做。

你邊做邊咒罵：簡直是在浪費我生命，蠢蛋老闆！

根據我所觀察，雖然這也許不適用在每個蠢蛋老闆身上，但絕多數的老闆會這樣做，會有這種行為，通常都會有幾種共通點。

首先，他要證明自我的價值：所謂自我的價值就是他當老闆的價值，說得明白一些，就是，其實他的潛意識，知道自己並非有足夠能力當一個稱職的老闆，但是他想要叫你做一些蠢事，來附和：再如何愚蠢，你身為員工就是要做。

他明白整間公司比他有能力的人還要多，所以他更加小心，更喜歡將事情完全複雜化，好像自己完全投入。

在你看來是一個簡單不過的工作，你自己做不到半小時就搞定，但是如果換作是他來命令你，可能要花上將近半天以上。

所以，當你的老闆是個事情喜歡複雜化的老闆時，我建議先下手為強，畢竟你已經了解到他一種程度了，不如馬上先把公司的工作完成，再報告給他，這時你已經完成了，他根本無所再多說甚麼，頂多只會說你：「怎麼沒事先討論？」或者努力在你所完成的工作中挑毛病。

此時，你再也不需要花上半天以上來完成這工作，你只要花最短的時間，來修正他認為不好的部分。

另外一種蠢事老闆，是一種莫名的自卑感轉為自大在作祟，這種老闆通常不適用在我們每次的主題「大公司，小職員」當中，大公司老闆同樣是領人薪水，拿總公司的薪資，所以大公司的老闆和小公司的老闆，往往會有一些明顯的差異性。

今天例外講到小公司的老闆，要先明白，老闆其實人人都可以當，只要你有錢就可以當了，就算你只有國小畢業，甚至不認識幾個字，你有錢懂得把握機會，就可以當老闆了。

大部分這類型的老闆是從基層做起，而基層做起的老闆往往擺脫不了，它們在基層的行為模式和自卑感，因此如上文說講，他們開始變得自大甚至無腦起來。

這類型的老闆，也是我近幾年才遇到的，這和大公司的老闆不同，他們學歷不高，原因在於當我們還在讀書的時候，他們已經在社會走跳，所以有的甚至高中沒畢業，最多也只唸完高中。

這一類型的老闆，通常不會換別人角度想，但又渴望別人能夠換他的角度想，說穿了就是有病——當然不會有人告訴他有病，只是他的員工通常都留不住，因為他是直接發薪水的人，他所要求的，就是能夠看到你能夠為他帶來甚麼？或者把你當作一隻狗來訓練。

　　我曾經認識一個類似這樣階級的老闆，他有三個女助理，毫無理由地要求她們從報紙上剪下「我」這個字，並且黏貼排列在空白紙上，當下我聽到只是問他為什麼想這樣做，他回答我的答案相當荒謬：「這樣可以看出一個人到底做一件事情會不會用心。」他解釋得頭頭是道：「有些人做得好，你就知道他是用心的人，做不好，就知道他敷衍了事。」我望著他心裡只想著：你是以為你在寫恐嚇信嗎？

　　當然，他許多荒唐的行為，不斷的上演，到最後他還是不了解自己的管理出了甚麼問題，只是和我抱怨員工總是留不久，員工沒有抗壓性，員工甚至最後捲走他的錢，有一個還偷了他所有辦公室的東西。

　　他總認為是別人問題，他總覺得薪水給得太多，這一類型的老闆也普遍毫無肩膀，公司發生事情，通常也是第一個逃跑的——帶著他的資產逃跑。

　　如果你遇到第一種老闆，假若公司福利還不錯，建議你就先下手為強，一直到他習慣你行為模式為止，畢竟，他領的也是別人的薪水。

　　如果你遇到第二種老闆，通常不會有太多太好的福利，只有不斷的超時工作和一大堆不合理又愚蠢的要求，建議你不如離開，畢竟通常這樣領導下的公司絕對是毫無體制。

# 大公司小職員——職場生活學（五）
# 關於在公司的小動作

文：Jaja

有的時候，我們在一間公司久了，自然而然就會把它當做自己的家一樣隨便，以下幾個行為，是我認為脫稿演出的行為：

上班抽菸：無論男性女性總有會抽菸和不抽菸的，不抽菸的占大多數，雖然法律已經明訂了，只要是三人以上的空間，都必須要離開辦公室抽煙，但是總是有人白目到會在辦公室抽菸，或廁所其他房間抽菸，因為在同一個空間，所以對不抽菸的人來說，不但敏銳，而且甚至會有二手菸，除此之外，有些人可能覺得在外面抽完菸回來就沒事，我本身雖然對菸味沒有任何意見和反感，但是討厭菸味的人往往會因為一點點煙味而不高興，我們抽菸，很容易附著在襯衫上，尤其是女生，長髮更是容易隱藏煙味。

再來就是情緒管理差的人：之前文章有提過了，有些人會將自己家裡的小事帶到公司裡，雖然每個人都會有情緒障礙的時候，但是人都是自私的，面對這樣的人，不是極度同情就是極度厭惡，依照事情的大小和發生的嚴重程度，所以很多人，常希望別人能夠將心比心，一般來講渴望別人認同將心比心的人，或者一直倡導要做自己的人，通常最大的問題來自於他們自己。

總是不自己準備東西的人：大部分的公司會有基本的物資，但是小公司常會需要自己準備，或者公司為了成本預算，因此都滿便宜的文具或商品，也是很正常的事；總是有些人喜歡追求物質的品質，買了較好的文具，這時候就得小心了，哪怕是一支無印良品的原子筆，也可能會因為它好寫而被別人順手拿走，這類型的人我稱為「文具犯」──看你

有甚麼文具，他總會和你借一點：標籤借一點、筆借我一下、衛生紙可以再給我兩張嗎？

遇到這種人，真不知道是可笑還是可悲，尤其是衛生紙這部分，我就曾經遇過每天跟我要好幾十張的，當下我也沒叫他自己去買，我只是第二天帶兩包，給她其中一包直接說：「你就直接欠一包吧，這樣比較快。」這種行為讓人尷尬，但是我喜歡尷尬，面對過於無理的人，我們不需要太客氣。

最後一種，很多人忽略的：不知道大家有沒有在餐廳吃飯的經驗，然後低下頭，或者眼角餘光瞄到有人把鞋脫了。

這點實在讓人傻眼，當場都沒食慾了。

辦公室尤其也是更多這種人，而且都是打扮貌美穿著高跟鞋的 OL 小姐，男人們很難想像吧，她們上班到一半，突然光起腳丫，有的甚至走來走去，我在很多場合都會遇到這種人，說也奇怪，真的是女孩子居多，我推測大概是因為女孩子穿高跟鞋不舒服吧。

但是再不舒服，也不應該光著腳上班，如果她是在桌子底下，別人看不到就算了，但偏偏你問她一個問題，她馬上轉身，那個腳掌連接著小腿，讓人馬上想到《奪魂鋸》第一集，主角醒來被銬住，那種悲慘的狀況，只能拿一個小鋸子，慢慢折磨自己才能離開，你巴不得手上也有一把，然後鋸斷她們腿。

　　其實，脫鞋沒有關係，但請準備好拖鞋，或較好穿的休閒鞋，就像美國紐約上班女郎，常常穿著球鞋，在路上行走，到公司才換高跟鞋，也可以擺放一雙鞋在公司，腳不舒服的時候，也可以換掉鞋，我以前在公司起碼放了五雙鞋，但是沒有拖鞋和涼鞋，因為我不習慣穿，這五雙鞋會各自有功用，五雙當然是誇張點——因為偷偷買了不敢帶回家，也是原因之一——總之我覺得不要把腳露出來，是最基本的禮貌。

　　以上講的那些人，不是絕大多數人，是少部分把公司當作家，然後又沒有規矩的同事，這類人，你講他們也不會聽，還是假裝沒看見吧，或者請老闆把他座位改到馬路邊窗邊也是可以，他愛怎樣就怎樣吧。

# 大公司小職員──職場生活學（六）
# 揭開直銷的邪惡騙局──上集

文：Jaja

　　相信大家都聽過安Ｘ，也常拿他們開玩笑，然而在台灣的市場，直銷其實不只家小安而已，我曾經想試著多賺點錢，因此在網路賺錢 FB 上，開始尋找網路賺錢的方式，其他像娛樂城或代儲、刷單，這一類的工作就不用說了，層出不窮，但這種把戲往往可以脫身，遇到直銷真的比頭髮黏住口香糖還要可怕，你用剪刀剪斷了，還是心有餘悸。

　　網路上，他們會先打著，月入百萬收入，能夠共同成長的口號；主要吸引想賺錢的年輕人來做，當下我就陷入這個幌子裡，名字不講明，我們叫小康吧。

　　一開始她和我約在咖啡廳，當我去點飲料時，她並沒有要請我喝飲料的打算，人，並非貪這一杯飲料，而是你打著自己的名號，說自己一星期就賺到一百萬，妳卻連杯飲料也不願意送出去？這是第一點讓人覺得詭異的地方。

　　之後她開始話術我，介紹他們的產品，他們的公司，然後不斷強調許多人的例子：「這妹妹本來在星巴克上班，加入我們之後，被動收入已經一個月快十萬了。」或者：「你看這個男生更扯，本來只有一台摩托車，現在卻買了兩台跑車，我們公司的被動收入，真的非常可觀。」

　　有注意前面兩句話，她都說了一個專有名詞嗎？「被動收入」——想想，你不用做事，在家裡就可以錢滾進來這種好康誰不要？是不是？

　　她開始說服我要買產品，說產品多好多好，我哪有那麼多錢？她還說妳可以刷卡啊，分期，我連忙騙她我沒有信用卡，周旋到最後，她只

好免強地要我先繳一千元，嘴巴上說是幫我卡位，然後硬是留下我的個人資料了。

結束後，我以為沒事，她開始邀請我參加他們每星期五晚上的活動（都是在星期五晚上）大家都知道，每個星期天上教會是崇尚宗教；那每個星期五要到他們那裡報到就是崇尚貪婪了。

因距離活動還有一點時間，她開始更加詳細介紹公司的產品，還有公司的起源，當然別忘了還有，公司多少成功人士啊！他們至少都有一隻十幾萬名牌錶，幾十萬名牌包，我開始注意在場的氛圍，就算他們真的月入百萬好了，那些名牌包，看起來都像Ａ貨，看他們對於包包的態度就知道了，隨便丟在地上，不然就是塞到爆炸；你看女人我最大，有哪個女藝人她們會把包放在地上？就算是藍心湄也會珍惜自己包包啊。

當下有個非常熱門的商品，是針對心血管疾病的，他們狂推這罐。

等到她介紹得差不多了，她找了一個女生來跟我說話：「我本來是餐飲業後來加入以後，現在都月入十萬，我覺得這工作很棒。」我看著她，心裡倒是沒想甚麼，只是覺得她的白色西裝外套醜到爆。

活動快要開始，所以我就先到洗手間一趟，到了洗手間，老天啊！一家那麼大的公司，別說擦手紙了，竟然連衛生紙也沒有，你們不是號稱無敵公司嗎？

我上完廁所，手濕淋淋走回現場，我的主線叫住我，她說：「因為我們會超過時間，所以等於要多付場地費一人兩百元。」兩百元是沒甚

麼，但是在場想賺錢的人起碼有二十幾人，這樣他們不就可以拿到六千元以上嗎？何況，這不是你自己公司嗎？你的公司有這麼多產業，還蓋了學校，現在卻告訴我要場地費？

　　當下一陣混亂，我的主線又是一個非常有自信的人，她的自信可以壓死一頭大象都沒問題，所以我就付了這沒有意義的兩百元，進到會場了……

# 大公司小職員──職場生活學（七）
# 揭開直銷的邪惡騙局──下集

文：Jaja

進去之後，許多年輕人，我的年紀應該算是前三名老的吧，連我的主線都小我快十歲。

開始做自我介紹，每個人的主線會引導你，教你怎麼認識大家，坦白說，之後我又傻傻去了幾次，那些人的臉，我早就忘得一乾二淨。

緊接著坐定位，主持人開始呼喊：「羨不羨慕常出國？」還硬逼大家回答：「羨慕！」「羨不羨慕住豪宅？」「羨不羨慕買跑車？」

大家在一陣喧嘩之後，主持人繼續說：「這就是我們最高的也是最美的，去過 26 個國家還在鬧區有房子的，最近才買了一台黃色跑車的某某某！」

某某某主場，我們還要像遇到偶像進場般，為他歡呼替他鼓掌，這個某某某就是我的主線，她看起來容光煥發，開始講自己有哪些東西，然後最後又問：「你們想不想跟我一樣？」

當然大家都喊：「想！」觀眾有些本來就是他們的同事，所以要炒熱氣氛相當容易，這就如同教會，開始要你舉手唱歌，就差沒有哈雷路亞。

炫耀完之後，他們開始講階級制，多高階級就多賺多少錢，如今在他們眼中月入百萬已經不稀奇了，一星期就拿到十萬才夠跩。

然後繼續狂推他們當下的產品，關於心血管疾病的，甚至開始向你進行洗腦，不要以為年輕或者做運動就沒事，某個女藝人每天跳舞還不是心臟病，講得這是神藥，幾個人開始出來說話，也全是高階會員。

離場後，還讓你拿了一台電子儀器，叫你先測試，然後說你血管有點堵塞，肥大還是怎樣？之後叫你吞一顆藥，十分鐘後再來驗。

簡直神藥，十分鐘之後本來堵塞的血管，竟然都清空了，太棒啊！這個怎麼沒賣給醫院？醫院一定很開心買到這個，因為每道心臟手術都是有風險的，如果吃了沒事，不會中風，不用開刀換心臟，真的是世界科技最大的進步！

我去了第一次，就不想去了，我的主線開始對我軟硬兼施，什麼我真的想跟你一起賺錢啊！然後我會協助你啊，你只要帶朋友來，我就會幫你談成啦！哇啦哇啦的，於是我又去了第二次的聚會，同樣要繳場地費兩百元，最好笑的是竟然和上次是同樣的劇目，只是剛好換了另外一個人而已。

這些行為好像是一種吸引，但說穿了就是炫富！他們拿炫富來當作吸引你的主軸，主要是因為他們知道有很多人只會看表面而被騙。

第二次之後我開始拒絕主線的邀約，她當然又來話術這一招，我就很坦白告訴她：「你們每次都是一樣的主題，去很多國家，開跑車，這種行為我看了很累。」

當我搓破她的手段時，她反而一本正經說：「因為每次都會有人帶新人來，所以在教學之前，我們都會再次強調。」

我點點頭，看著她心裡想：「我去了兩次，你們除了要我們大喊絕對會成功之外，還講了老梗的吸引力法則，除了這些你們還教學了甚麼？」

去了第三次，我還提早到，跟他們開小組會議仿佛就是他們員工，老實說我到現在還不是非常了解，我為什麼要一大早跟這些人開會？現在仔細想想，可能就是我比較聽不下去吧，因為在場已經有非常多年輕人，已經簽約而且砸下重金了。

我大概講解一下遊戲規則，就是我底下至少要有兩個人，才能拿到對碰獎金，因為我之前先繳一千元卡位了，所以我只要再付三萬五，就可以在第一次那些人的上面，他們賺錢我也會賺錢，我有所謂對碰獎金的機制。

我當下說沒錢，是真的沒錢，不然她這樣跟我魯，我真的會拿錢出來。

過幾天我開始不接她電話，她開始狂打，我想到她們那些人在活動開始前，都坐在那裡一副無所事事的模樣，現在想想，完全就是詐騙集團的翻版。

到最後她留 LINE 給我，說有很重要的事要說，可以幫我賺錢，人就是無聊和貪念，她告訴我她幫我找了一個人了，我再找一個人就好，

過幾天再告訴我，有個千金小姐她不要賺錢，她只要產品，所以我只要付兩萬就好。

當下我不知道是被她煩死，還是三萬五變成兩萬太吸引人，她甚至要我去機車貸款，然後我買了兩萬多的東西，寄到我家，除了被別人罵白癡之外，沒甚麼進展。

帶過幾個朋友給她，讓她說服，可惜朋友剛好都夠聰明，有的早就有自己喜歡的直銷產品了。

原本要推銷最笨的朋友給她，不知道為什麼，突然覺得懶了也不夠道德，這明明就是詐騙手法，他們的膠原蛋白飲我喝了也沒甚麼特別感覺，傻眼，還有那罐最貴的心臟病藥，原來是印度製作，難道那裡的人都沒有心臟病嗎？

總之，我這人也不適合直銷，所以我就只能當作買產品了，主線當然還是繼續想魯我，甚至中間還請了一個號稱心臟科醫生的人，給我們看了心臟手術的影片，那些配角演員在那邊哀哀叫的，等到影片結束，醫生並沒有直接表明藥的好處，接著醫生就出去了，這些人繼續留在原地，互相勉勵和挑戰，我實在覺得煩，有必要一直重複講一樣的話嗎？我走出去看到醫生，他竟然在吃小七的微波食品──你不是醫生嗎？我看你根本是臨演吧？

我故意問他：「那個藥真的有效嗎？」他也閃爍其詞，似乎不願多講，老實說醫生很忙的，他怎麼會有時間演講完還在這可悲地吃飯呢？

最後我忍不住說了：「竟然那藥有用，那醫院應該大量進貨啊！」他只是苦笑，沒有正面回答。

這中間其實非常多矛盾點，但是他們全用吸引力法則，和你絕對可以來敷衍蓋過一切了，與其說我討厭直銷，不如說我受不了他們這種壓迫，寫在這裡也不怕他們告，想也知道那些人是不看書的。

相處過程中，就算再有錢也是一群俗氣、想洗腦的人，簡直就是邪教，最後我怎麼甩掉她，就是做大家都最不想碰到的借錢囉！我和她借六萬，她故意不讀不回，之後再說，啊我剛好很忙沒看到，笑死人，之前都是你照三餐吵我，現在要借錢在那裝傻，啊不是很會賺，一個星期收入百萬，一個月收入千萬嗎？

奉勸想要加入直銷的年輕人，直銷不是不好，而是要觀察這家直銷的狀況，最主要是自己經濟能力，你都沒有錢了，說是帶你去賺錢，為什麼還要付錢呢？除非你真的很喜歡這些產品，直銷基本上就是個光明正大的騙局！專騙想不勞而獲的人。

# 阿碧與隔壁家的阿芳

文：君靈鈴

　　眾所皆知阿碧是個非常愛抱怨的人，她的抱怨範圍很廣，從家事到人際關係還有身體狀況，什麼都能抱怨，唯獨有一點從來沒抱怨過，那就是她本人的性格問題。

　　但認識她的人都知道，她個性其實很不 OK，很多事明明是她本人的問題，但她卻可以說得天花亂墜委屈得哭天搶地說是別人的錯，而她自己一點都沒錯。

　　總之，阿碧是個自我感覺非常良好的人，她的自我感覺良好到有一天終於被打破，那是因為她的身體出了很多毛病，而她的孩子卻對她漠不關心，甚至只覺得她就是習慣性在裝病示弱，因為她常常就是一副病懨懨的樣子，當然在抱怨的時候除外。

　　人在生病的時候特別脆弱也容易想很多，在夜深人靜時阿碧難得靜下心思考，想起的卻是隔壁家的小芳，這不想還好，一想不得了，一股羨慕的心情油然而生，但明明阿碧平常不容易產生這種心態，可偏偏今晚卻莫名地跑了出來。

　　隔壁的阿芳，雖然家中經濟狀況沒有阿碧好，但阿芳家的家庭氣氛卻很和樂，阿芳人總是客客氣氣，待孩子也很有耐心，雖寵但不溺愛，該讓孩子知道的事，絕對不會因為所謂的「大人面子問題」或是「小孩子不需要知道那麼多」而隱瞞孩子，總是在孩子做錯事時以最佳的方式引導孩子走回正途，所以阿芳家的孩子都很懂事，知道家裡經濟不好，所以不只努力用功唸書，而且會幫忙分擔家事，也比同齡的人都成熟很多。

　　這是阿芳家的情況，當然阿芳的性格也讓她與丈夫關係一向很好，夫妻之間很少有爭執，就算有也是在和平溝通之後收場，所以一家人過得很快樂很幸福。

　　而對阿碧來說，她沒理解那麼多，她想到的只是為什麼阿芳家的孩子都那麼懂事，丈夫也很體貼，卻沒想到自己跟阿芳之間的差異，這也導致她現今的處境。

　　後來某一日阿碧感覺相當不舒服，吩咐孩子幫忙做一下家事，卻聽到孩子以相當不耐煩的語氣回應，她一股火氣瞬間往上冒，破口大罵之後當然是以大家都不愉快的方式收場，然而這次阿碧雖氣還沒消，但卻忽然發現一件事。

　　孩子們剛剛對她回話的語氣，她覺得莫名有些熟悉，想了又想這才明白，這不就是她平日對待丈夫跟孩子的態度嗎？

　　原來，一直用不耐煩心態在經營家庭的人是她，她有時候就像隻刺蝟，讓人難以親近，也難怪現在會有這樣的情況。

　　雙肩頹然垂下，阿碧赫然察覺，自己不僅沒有做到夫妻之間相敬如賓，也沒有做好身教、言教讓孩子有好榜樣可以學習。

　　母親是一個家庭的重心，說實話是最重要的存在，阿碧卻忽略了這一點，老是只熱衷於抱怨，說來對她的人生一點幫助也沒有。

　　在這一刻，她終於明白了。

世事如棋

# 九十八分

文：君靈鈴

這幾日看到一個報導，雖然事情發生的時間距今已有數年，但看了之後還是令人搖頭嘆息，報導內容大約說是一個孩子考試了 98 分，可就算已經這麼高分還是被父親責罵，加上其他種種因素，孩子覺得自己在家裡沒有得到任何溫暖，所以想不開去輕生了。

一條年輕的生命就這樣逝去令人不勝唏噓，但很不幸的是這類新聞這則並不是頭一椿，而應該也不會是最後一椿，因為這幾年還是看到類似的事件發生，並沒有因為前車可鑑而絕跡。

「望子成龍望女成鳳」這八個字或許很老掉牙，但真相是就算老掉牙，就算被換了個說法，這八個字還是在很多地方被嚴厲執行著，沒有因為時代變遷而稍有改變，很多孩子在這樣的情況下連一絲喘息的時間都沒有，每天被一堆的課業、補習、家教、輔導壓得無法呼吸，但卻沒有得到任何可以申訴的機會，只要反抗就是被蓋上另一張天羅地網，完全無法脫身。

如果一個人不能呼吸了，那怎麼奢望他的思考方向會往正向發展？

負面情緒肯定接踵而來，在這個當口，想逃避的他肯定會往陰暗的角落躲藏，因為很可能只有這樣，他才能稍稍喘一口氣，所以反抗會是第一個選擇，但大多沒用，再來或許他會選擇逃家，想著遠離是一個方法，但如果也沒得到救贖，那走上絕路或許就會是他最後的一個選擇，因為在他的世界，他覺得自己已經沒有其他選擇了。

「都是為他好」、「就是怕他比不上別人會自卑」、「如果不這樣，那他以後沒出息怎麼辦」、「隔壁家的孩子也這樣，怎麼他就受不了」上述這幾句大概是孩子出事後某些父母會給的說法，但是……

說為孩子好，孩子本身真覺得好嗎？

一直拿自己孩子跟別人比是為什麼呢？

為什麼有沒有出息是用高壓政策，有沒有成功來判斷呢？

隔壁家的孩子受的了是隔壁家孩子的事，跟你家孩子有什麼關係？

很多時候，孩子最不需要的就是逼迫，就像「望子成龍望女成鳳」很老掉牙卻還在被施行一樣，「愛的教育鐵的紀律」也依然有被施行的價值，教導孩子要有愛心有耐心有恆心有毅力，但也不能毫無規矩失去紀律，分寸的拿捏、跟孩子相處的方式、賞罰分明以及適時的溝通都是很重要的。

不是一味的溺愛就好，也不是一味的逼迫就好，更不是放任就好，當孩子在努力學習時，當父母的也不能忘了跟著成長，孩子在成長道路上學習怎麼長大當個大人，而父母該學習的就是怎麼當個好父母，能在孩子面前有威嚴但又可以跟孩子當朋友。

如果只是一直用根繩子勒住孩子的脖子，又怎麼期待他會一直能龍精虎猛地在你面前，活出屬於自己的精彩人生呢？

世事如棋

# 逢時遇節

文：君靈鈴

中國人熱愛過節，最愛過農曆新年，雖然在世代變遷下，很多習俗習慣已然消失，但不可諱言在農曆新年到訪前，中國人對於迎接過年這等大日子的準備可不少。

說穿了也是有了個好藉口可以大肆採買，趁這個當口狠下心買下唸叨或是心心念念想要了一年的東西，過年嘛，就該好好慶祝好好犒賞自己，才不枉自己辛苦了一整年。

堪稱舉國歡騰的氣氛會在除夕前就飄散開來，各大賣場市場店鋪人聲鼎沸，大夥兒帶著鼓鼓的錢包不停穿梭，就想買到好東西讓團圓飯菜色更豐富、更多元一點，龍蝦鮑魚已不希罕，帝王蟹鮮干貝也已不算少見，只要荷包充足，想要什麼都能帶回家，但這是大多數人在過年前展現的採買型態，很少人會去注意「過年」這兩個字對某幾個族群來說，不但沒有歡欣的感覺，反而還覺得心酸，而等不到孩子回家團圓的父母們便是其中之一。

這些父母們大多已經年華老去，年邁的他們以前也像其他人一樣期待過年，那時候孩子們都還在家裡，過年對大夥兒而言就是快樂開心的日子，但漸漸的孩子們大了，有了自己的家庭，開始有了很多藉口，嘴裡吐出不回來團圓的原因，卻是那般讓人聞之心酸，但他們只能默默掛上電話然後回頭對老伴說，孩子說不回來咱們倆湊合著過吧。

如此大的節日卻只能倆老湊合著過，難保在除夕時相看倆無言或雙雙陷入回憶之中，記憶裡那熱鬧的場景早已不復見，剩下的只有冰冷與

靜默迴盪在空氣中，酸楚湧上心頭卻不便明說，就怕兩人之中哪個先忍不住而破壞了過年該有的歡慶氛圍。

但說實話，真開心不起來，這過年本該歡欣鼓舞的氣氛卻只剩下冰冰涼涼的味道，涼意沁入心脾帶動心臟酸意瀰漫，但他們不會跟孩子們說，只會各自啃食心酸，然後盼著哪一天，孩子想到他們了就會回來看他們。

然而等待磨人只有嘗過的人才懂，所以他們很懂，但仍不放棄期待，抱著期待過日子，一天又一天，直到沒力氣再等下去，才聽到孩子們奔回來的腳步聲，抱著他們說：「對不起。」

只是，為什麼要在這種時刻才回來說「對不起」呢？

我們都明白，逝去的人不會再回來，抱著冰冷的身體說一萬句「對不起」，都不及在他們身體還溫熱時陪他們說說話、吃頓飯，如此簡單如此輕易能做到的事，別說做不到。

時光流逝飛快，速度遠超乎想像，別在來不及時才懂陪伴的意義，別在無法挽回時才明白一頓飯的真諦。

陪伴要及時，愛別在失去後才說出口，他們要的其實很簡單。

世事如棋

# 河海不擇細流

文：君靈鈴

　　阿升是個很特別的老闆，他面試新人幾乎來者不拒，也因此讓自己工廠遇上了幾次麻煩，很多同業都笑他不懂怎麼當老闆，才會什麼人都僱用，而讓自己陷入窘境還得收拾後果。

　　但這還不打緊，後來連某些資歷較深的員工也看不過去，幾個人聯合起來找上阿升，表明大夥兒不想再幫著收拾殘局，希望阿升可以在面試的時候多花點心思，徵選出好的人才入廠，而不是只要有人來應徵就幾乎照單全收。

　　所謂好的人才是什麼？

　　阿升反問來勸說的幾位員工，就聽到大夥兒七嘴八舌提出意見，像是「學歷要有一定水準」、「外貌端正」、「舉止合宜有禮」、「懂得進退分寸」、「聰明伶俐」、「經歷豐富」等等，總之條件一大堆，而這讓阿升馬上笑了。

　　誰不想要請到上述條件的這種員工？

　　這種人一進公司後就可以馬上上手，幾乎不用上司擔心就可以自己做得很好，絕對不會帶給別人任何困擾，但其他人呢？

　　那些「學歷較低」、「外貌平凡」、「舉止可能粗魯了些」、「性格比較耿直」、「不夠聰明」、「沒有經歷」等等的這些人，就該一直被排除在外嗎？

　　阿升並不這樣認為，他並不是誓當什麼偉大人物，只是認為每個人都有該擁有一次機會，而他很幸運就是那個可以給予機會的人。

　　不是學歷低、外貌平凡、舉止粗魯、性格耿直，就做不好事，也不是愚笨或沒有經驗就無法將工作做好，以這樣去定義某些人，對這些人並不公平，給予這些人一個機會，雖然有時候不一定是正確的選擇，但話說回來，難道優秀的人就不會犯錯了嗎？

　　阿升一句問話丟出，然後就看到幾個來勸說的員工紛紛低下頭，他上前拍了拍幾位的肩膀，接著又說了一句：「我的原則不變！」然後轉身離開。

　　他當然懂這世界上人有千百種，有極少一部分的人是真的不能用，所以他並沒有如外界所說般完全來者不拒，只是他的標準放比較低，只要來面試的人在他自定的標準內，他都願意給個機會，而他最看重的其實是來面試者的態度。

　　如果對方很誠懇，帶著一顆真誠的心來找他，那他就願意給對方機會，就算事後這個人做的不好必須離開，他也會慶幸自己曾給過對方機會，對方雖沒有把握好，但他也願意祝福並鼓勵對方，再尋找下一個更好的地方。

　　所謂有教無類，阿升很願意把這個方法使用在他的事業上，而事實證明後來幾年下來他雖偶有損失卻得到更多，因為他一直都明白，有些

人只是缺少一個機會，如果給這些人舞台，他們會做得很好，或許比想像中更好。

# 放下，迎接新世界

文：君靈鈴

　　「放下」兩個字，說來輕鬆真要實行卻不容易，人的心有太多貪念慾望繚繞，在許多誘惑、不甘心及慾念面前，口頭說要放下但實際上卻是怎麼也放不下。

　　就像有些人為了名利爭得頭破血流，在權力鬥爭面前即便已經傷痕累累卻毫無退縮之意，很多時候不僅是自己受傷也傷了別人，但只要勝利沒有到手，就沒有罷手的那一天。

　　也有些人為了愛奮不顧身，就算明知是個錯誤，卻在想得到的念頭下願意被千夫所指，縱使身上已血跡斑斑也毫不在乎，即便摧毀他人的幸福也視若無睹。

　　名和利、情與愛，這些芸芸眾生常常放不下的事如同一個魔咒般，在這個世界不斷循環重演，你爭我奪互相叫囂，一團混沌的局面代表的就是人心那股放不下的欲念。

　　但有時候很可笑的是，當勝利的那一天到來，喜悅的感覺卻不一定會同時來到，更多時候是空虛感無限擴大，右手雖握著勝利但左手卻是空無一物，不平衡是因為在爭奪之中早已忘了自我，贏得勝利卻忘了自己是誰。

　　然後，空虛的慌亂感讓人心煩意亂，下意識開始找尋另一場爭鬥，就像中毒般必須要如此循環下去，才不會感到空虛。

　　但真的不空虛嗎？

真的不疲累嗎？

日復一日的鬥爭讓人疲憊，為了不感到空虛所進行的下一場鬥爭卻讓前頭的勝利成為一個毫無意義的存在。

何必如此折磨自己呢？

人生苦短，有時候該學著放過自己，與其一直逼自己去鬥爭，是否該想想換個角度去思考？

若只能用逼的方式，不如試著逼自己放下，放棄無意義的勝利，在無止盡的空虛中找回自己，拋棄舊的思維和已經烏煙瘴氣的世界，尋回自己內心那方淨土，或許那種虛無飄渺的感覺會就此消失。

雖然，放下真的不容易，或者說是相當困難，但面對與克服本就是人生一大課題。

勇敢的掙脫出來吧，別被汙穢的洪流淹沒，把心靜下來，誠心站在烏雲密布的天空下祈禱，相信陽光燦爛的那一天總會來到，只要放下就會看見最美麗的天空。

放不放下，就會永遠被無形的繩索束縛，放下，新世界就展現在眼前，縱使過程辛苦，縱使誘惑不斷，只要堅定信念，尋回自我的那一天總會來到。

世事如棋

# 懂珍惜才能擁有

文：君靈鈴

　　獨自一人呆坐在客廳的沙發上，阿珍的眼淚開始控制不住一滴滴開始往下掉，因為她已經不知道自己該怎麼跟丈夫繼續走下去。

　　她丈夫阿志是個事業有成的男人，事業繁忙，她在嫁給阿志前就知道了，但她不知道她跟孩子會被冷落到這種地步，一味用忙來推托很多事。

　　阿珍不是不明白，對男人而言事業很重要，但家庭就不重要嗎？

　　這麼多年了，她在家盡心盡力全力做丈夫的後援，在孩子得不到父親關愛時給予安慰，說真的她有點累了，因為沒有人會去在意家庭主婦的疲憊與渴望家人多給予關心的心情，而她丈夫就是如此。

　　「老公，孩子學校的運動會你無法出席嗎？抽一點時間也不行嗎？」

　　「爸爸，你都沒有來過，可不可以來一次，一次就好好不好？」

　　「老公，我們很久都沒有帶孩子出去走走了，你就抽個一天空閒，我們也不要去太遠，就市郊走走也好，可以嗎？」

　　「爸爸，我想去遊樂園……」

　　「老公，孩子說他很久沒有跟你……」

　　「爸爸，我可不可以拜託……」

　　一次又一次，阿珍跟孩子的請求總是被無情拒絕，後來他們母子倆也就不再多問多說了，因為得到的答案都一樣，那就是「我很忙，不要用這種小事來煩我」。

　　這種理所當然認定人一定會一直在身邊不會離開而敷衍的態度，讓阿珍感到很無奈，有時候只要一點點關注就好，但她卻一直等不到，這讓她心灰意冷，每天看著愁眉苦臉的孩子，她總是滿心愧疚。

　　這樣下去不是辦法，阿珍是很明白的，但她也明白賭氣帶著孩子出走或是離婚對孩子而言都不是最好的辦法，首先她想該好好跟阿志溝通一次，如果他依然故我，那她再來思考下一步。

　　雖然之前試著溝通過，但她知道之前自己總是在緊要關頭被敷衍過去，這次她不會再退縮了，家庭的和樂與幸福須靠全部人一起維持，只有她單方面的渴求是不行的，所以帶著堅定的信念，在夜晚阿珍將阿志拉到客廳，面對他不耐煩的態度阿珍不予理會，非常嚴肅將心中的不滿全都理性的說了出來，在阿志試圖狡辯時以冷靜的語氣辯駁，發揮耐心試圖想讓這次的溝通有最大的成效，但阿志的態度還是讓她壓抑不住衝口丟了句：「難道要失去我們你才會改變嗎？」

　　這樣的一句話讓阿志愣住，過了好半晌，才悶悶回了句：「我沒有這樣想」。

　　當然，很多人都不曾這樣想，但對待家庭的態度，如果像阿志這般無謂或覺得很多事都理所當然不會改變，那並不是一件好事。

懂珍惜才能擁有，如果不懂珍惜，終有一天會失去，這幾句話並不假，也值得人們深思。

# 別等歲月流逝

文：君靈鈴

　　很多人不願意嚐到後悔的滋味，卻總是在此味道中流連忘返，對自己想做的事沒有付出努力，總認為哪天想做了再做，反正時間還多，不差這一時半刻。

　　可是很多事情並非如此，有些事一旦錯過就沒有第二次的機會，如果不把握任憑歲月流逝，那麼後悔一定會來訪，就只因為不懂得把握及付出。

　　很多事情一旦不積極努力，別人就會取而代之，「機會稍縱即逝」這句話很多人都聽過，但偏偏很多人不以為意，以為這次沒把握下次還會有更好的機會，但很多時候這次的機會可能就是下回更好機會的墊腳石，這回沒把握，下回哪還能得到什麼機會？

　　這樣的說法沿用到人與人之間更是明顯，就像孝順父母這件事，倘若不懂珍惜時光就浪費在下一次再回去或反抗爭吵之中，那等有一天父母年華老去翩然遠飛，這時候才還懷悔自己的不懂事真的已經來不及。

　　反之，應用在工作上，所謂「人外有人，天外有天」，當被賞識器重應該心存感激好好努力，倘若不然，隨時有更優秀的人可以替補，因為好運通常只有一次，沒有把握住就代表把好運給了他人，他人把握住了，就再也沒有空餘的位置。

　　時間匆匆而過總是不等人的，不管我們再如何想停止時間，但它從來不會為誰停留，不管世界上哪一個人在哪一種情境中，時間總是無情的。

　　眼看著日子一天一天過去還沉溺在「無所謂」與「惰性」中，終至一事無成也不讓人意外，與其常常怨天尤人，倒不如認真去實踐自己想做的事，或是認真努力去回應得到的好機會，才不會讓人生在浪費中度過。

　　因為浪費是最要不得的事，不管是在任何層面都是，浪費光陰更是浪費界中的極致，因為它不會為誰回首停留，只會不斷向前走，就算想追尋，也只能得到已然逝去無法挽回的結果而已。

　　所以不該傻傻的站在原地等待時間翩然經過，瀟灑不留一絲痕跡，應跟上時間的腳步，用積極的心態，去面對每一個挑戰與到訪的機會，還有不該錯過的陪伴。

　　別等歲月流逝才望著天想著自己當初為何會如此，比起懊悔，在積極之下建立的一切更讓人開心難以自持，「珍惜」兩個字永遠是真理，是人們都該深思的兩個字。

世事如棋

# 處女座變奏曲

文：六色羽

處女座人如其名有敏感的神經，即使一些芝麻小事也能考慮周到，具有純潔的潔癖、勤奮、實際慎重、富正義感，還有樂於助人的天性；在儀容上注重整潔而吸引人，有獨立的思想和觀察力，也有優越的分析能力和很快的領悟力。

莉雅手裡抱著剛新生的寶貝女兒，而女兒正是擁有以上那一大堆優點的處女座。自己身邊也有好幾個處女座的朋友，性格與處事能力上都十分傑出，和星座評估的特質不謀而合。

雖然莉雅對處女座的吹毛求疵和龜毛，還是有點顧忌，甚至於心有餘悸，因為目前每天面對的老闆就是個一絲不苟的處女座，光想到以後每天要應付兩個心就很累。

但看著剛出生不久，就知道將兩隻肥肥的小手搭在奶瓶上努力喝奶的女兒，以後也是個謹慎穩重的小處女，歡喜就不由得自心底騰升。

但是，世事總是難以預料的！

女兒漸漸的長大了，只是她的性格，和星座大師的分析、莉雅閱歷無數的處女座，竟然完全走針！

走進女兒的房間，變成灰白色臭襪子，永遠如南轅北轍的星辰，東邊找完、要爬到西邊的床下才能找得到另一隻；零食飲料吃剩的垃圾，會不時的在桌面上找東西時突然冒出；髒衣服隨意往床上拽或地上扔……每次進她的房，莉雅都幾近崩潰。

和老天說好那「一塵不染的潔癖」呢？

走出房想罵女兒，但她早已把功課丟一旁猛起來看電視，準備看到爽，面對莉雅的督促和怒氣，女兒總是漫不經心的回她一句：隨便啦！

莉雅心灰意冷，女兒不僅僅是課業上隨便、每件事常做一半就撒手說好累，即使好不容易幫忙完成的家事，也是丟三落四的還得要人重做一遍。對於衣著也不講究，只要穿起來舒適，即使看起來邋遢、老氣沉沉，也毫不在乎他人的目光和建議做改變，然後幽幽回老媽一句：有穿就好啦。

女兒不僅是生活，連課業也在一團混亂的風暴中每況愈下，讓莉雅這個母親真的如同一隻牧羊犬，追在她身後殷殷勸導改正，簡直是身心俱疲。

莉雅憂心如焚的四處向她的老師、親朋好友、專業人士尋求能夠幫助女兒導入正軌的方法，不但效果不彰，還引起她更積極的反抗，更加我行我素的做她自己。

莉雅束手無策，這隻處女是不是發生基因突變才會這樣與眾不同？

「與眾不同！」這句話如雷震耳的劃過莉雅的腦門。

女兒就是和別人不一樣，為何我非要將她硬是塞入什麼星座大師畫出來的處女座模子裡，再將她自模子裡敲出來，讓她刻印的和他人一模一樣毫無特色？

「為何不換個角度去看妳女兒？」

女兒國小的某位級任老師這麼鼓勵莉雅：「妳女兒其實是個很有自己想法的孩子，所以才會在繪畫方面，展現出十分敏銳的觀察力，和獨特的色彩敏感度。而她會有那天分，正是來自於她沒有處女座的謹慎沈穩，反而摻雜了其它星座特質，擁有藝術家的豪放不羈的天性？」

老師寓意要莉雅針對優點加以鼓勵，不要一直針對缺點而無限的加以放大，這樣即使缺點始終無法改善，但是優點會在鼓勵下漸漸綻放光芒，有一天，缺點說不定就會隨著歲月的磨鍊而被改掉。

父母鋪好的路，孩子不一定想走，父母認為好的，對孩子不一定就是最好的，因為可能不適合他們。不如就放手讓他們跌跌撞撞的走出自己想走的路。

看著孩子正踏著我們走過的路往前，不禁想，人生苦短僅數十載，走在這條菩提道路上，若能在有生之年，將自己喜歡做的事，變成能謀生的職業，那樣活著，比起每一天像賺錢的機器人，拖著空虛的殼，去做著只為五斗米而折腰的工作，更具有生命的價值與意義。

某天老師的話成真了。女兒有次翻開桌面上一團混亂的書本，書下壓著一隻扁掉的肥壯小強之後，她終於頓悟出整潔的重要！

這就是歲月的磨鍊，比老媽的獅子吼還有效。

# 蝸牛的印記

文：六色羽

　　烏雲黑鴉鴉的壓了過來，雨要來了，帶上傘，催促著還在慢條斯理信步跟在身後的女兒，前方不遠的麵包店傳出濃郁的奶蛋起司香，混雜在早晨好久未有的清新空氣裡，當中還夾帶點雨的濕鬱，雲霧已玄虛縹緲在前方的山頭上。

　　眼前的景緻，即使用再好的相機，拍得出它的美，也拍不出它的氣味；用最好的錄影想珍藏，也藏不住它時刻變幻的須臾。記憶體是有限的，但時間是無限的，它產生的榮辱衰敗、生離死別，即使人間擁有再多的財富，也無法改變與阻止。

　　絲潤如綢的雨，驟然落下，我停止感嘆它的美，索性回首將女兒的小手牽入掌心裡，緊貼而來的溫暖與稚嫩，瞬間壓抑住我對眼前山水花鳥的賞心，穩重的踏著步伐，一步步的向學校前進。

　　不能再拖延了，要遲到了！

　　我幾乎呢喃的對女兒說，但她的腳步卻是沉重的，我知道，她寧願享受這片刻的自由寧靜，也不想要進學校坐在課堂上。惆悵在她的眉宇間如飄泊的雲霧，如今在天邊下起了雨。

　　她突然提高音量說：「媽有蝸牛！」

　　她停住的腳步拖住了我，我依著她的視線看向那隻正努力過大馬路的蝸牛，自從這附近的田地一塊又一塊的失守後成為了高樓、別墅和停

車場後，那樣大的蝸牛，幾乎已經不見蹤跡了，沒想到還能在這場小雨裡見到牠，有些驚喜！

但心也瞬間提了起來，牠很危險，馬路太寬太大，牠很有可能走不到一半就會被輾死。雨雲依著層層山巒撲了過來，雨幕地變大！腦中閃過雨絲般想拯救牠的千思萬緒，但最後卻在雨和時間的逼迫下，只剩下一個簡短的念頭：先送女兒到校，折返時再救牠吧！那時牠應該還平安無事。

女兒獨自過了校門口前的大馬路後，回頭給了我一個說拜的微笑，我立刻馬不停蹄的走回剛剛的來時路，原本預計要在附近傳統市場買些芒果的計劃，也得從長計議，一心懸掛著那隻馱著紡錘殼的非洲大蝸牛。

原本寧靜的馬路上，車子突然多得很，我有些焦慮看著它們一輛輛呼嘯而過，心想完了！那隻緩慢的傢伙，還得拖著大約有 230mm 高的殼，怎麼可能逃得過那些又疾又快的輪子？

雨停了、綠燈亮了，車子都各自散去，暫時又恢復了平靜，我也終於發現了牠的蹤跡，卻已剩下一灘血肉模糊的碎肉，觸目驚心的還留有美麗瑪瑙紋樣的殘殼在中央。

我愣住屏息，心飄來比天空還低的陰霾，隨後低頭快步的繼續往前走。

「若是剛剛就把牠移走，也不會這樣！」

「若是剛剛雨不要突然下得那麼大,也不會這樣!」

「若是我不在意牠身上有肺吸蟲與線蟲,頂多回家手洗五百遍,也不會這樣!」

一場急來的雨、一瞬間的滅亡、一眨眼的決定,鑄成的結果。

走到轉角被雨打落的紫薇,還在爭奇鬥艷的於彌留間喘著嬌麗,不知道自己也將在剎那間,跟那隻只剩下曾經存在過的蝸牛沒有兩樣。

美麗與衰敗、生命與死亡,既然要創造奇蹟,為何又要殘忍的讓它轉眼即逝?

或許自然的可貴就在於她的「轉眼即逝」。生命若是無止無盡,就無法在基因裡留下為了要珍惜此生短暫的印記,而做出最美麗的綻放。

浪費的活著,再美麗的東西,最終也會因此變得腐朽潰爛,因為會失去前進的動力與意義。唯有短暫的演出,生命才能從經驗中找到錯誤而改進、演化出更頑強綺麗的新奇蹟。

# 態度，決定你的高度？

文：六色羽

「我們已經沒有存貨可以賣了。」

美食比賽中，主廚對老闆發出警告，老闆不敢相信去檢查冰箱，他們的招牌肋排只剩下硬邦邦、且還未煙燻過的存貨，但現在才下午五點，正要迎接晚餐的顛峰時間，他們竟就沒有貨可賣！

老闆責問主廚：「這是怎麼一回事？妳怎麼會沒有多準備一些？」煙燻過程不但需要 12 小時，更慘的是，肋排連退冰都還沒有。

主廚雲淡風輕的將責任往下推卸到助手身上，是助理沒注意到她下的指示。

老闆認了，畢竟大家都是第一次參加這樣重大的美食比賽，現在只能賣不熱賣的商品。老闆再次提醒主廚明天要準備足夠的庫存量。

結果第二天情況不但沒改善，反而更慘，他們中午 12 點 45 分離開賣不久，主打商品肋排，就已經銷售一空，連次打商品的存貨也是。

老闆火大的責問主廚：「妳究竟有沒有檢查存貨？」

主廚顧左右而言它，口氣十分惡劣的回他：「我就是沒有參加過這樣大型比賽，我怎麼會知道要準備多少存貨？」

主廚完全沒借取昨天的經驗當作今天備量的參考，第二天還找了同樣的借口搪塞錯誤，那讓老闆很惱火，當初會應聘她擔任主廚，看重的就是她有開店的經驗，應該具備領導廚房團隊的能力才對。

但事實證明她沒有！現在她還見笑當生氣，對每一個團員大吼大叫的發脾氣，想以此掩蓋自己重大的過失，老闆想要和她好好溝通庫存改善的方法，她卻打算甩頭走人，結果客人一個一個離開。

老闆知道不能坐以待斃，他立刻到一同參賽的其他競爭者詢問能不能買肋排？還好大家都樂於拔刀相助，他終於搬回一箱箱的存貨，解決了困境，比賽也終於得以繼續。

他們最後在那場比賽意外得了第一名！幫助老闆參賽的員工，幾乎都獲得二萬美元不等的獎金，和薪資不錯的優渥職位。主廚雖然功不可沒，但她還是被老闆給炒了魷魚，理由是她差勁的態度，影響了整個團隊的工作情緒與士氣，無法溝通比她犯下的錯誤還要致命。

這是探索頻道錄製的真實故事，看後真是心有戚戚。

「態度影響你的高度」，這句名言或許每個人都聽過，但很多人卻會嗤之以鼻的在它下面承接：聽聽就好。

遇到困境時，應該怎麼樣選擇面向去解決問題？老闆冷靜的選擇以其它方法補救損失；其他員工選擇堅持到底幫助比賽結束而非拍拍屁股走人；反觀主廚面對問題時除了逃避不肯溝通，還情緒失控的影響了生意。

心態是界定成功與否的分水嶺。一個轉念，就會帶領正杵在挫折交叉點上的你，通往怎樣的結果？或許我們無法控制已發生的事，但我們可以決定不被這些事情打倒，將危機變成轉機。

　　態度或心態絕非天生而來，是由我們的經驗、以及我們與人相處共同琢磨而逐步形成。別讓自己在關鍵時刻，成為如同地雷的主廚，而非扭轉乾坤的老闆。

# 如果你有時光機

文：六色羽

如果真的有時光機，你最想回去的時間，是什麼時候？

當年若是不走這條路、不選這科系、不選這學校就好了；

當年若是原諒他、不離開就好了；

當年若是答應就好了；

當年若是⋯⋯

重新站上命運交叉點的決定舞台，回到那個可以修復遺憾的關鍵點，你的選擇和決定，會和當年一樣嗎？你有自信回去後，能夠扭轉過去，為未來做出更好的結果嗎？

只是平行的時間應該如條長河，牽一髮則動全身，上游被擾動後，下游豈可能平靜如昔。

曾看過一部電影，故事中的男主被派任務乘坐時光機，回到希特勒童年時期並將孩童希特勒給暗殺，男主成功完成任務後回到原時代，卻發現戰爭不但沒有被阻止，反而打得更加如火如荼，地球將盡走向末日。

男主追根究底才發現，原來是某個本會死於集中營的猶太人，他逃過毒氣室後卻發明了一款更可怕的機器人，不但完全控制了世界，還幾乎將人類趕盡殺絕。

當時光機選了另一條和歷史相左的路，等在面前的，卻又是一個全新未知無可掌握的旅程，因為還未發生，時光機也捕捉不到重新出發的時間軌跡，當然也無法指引回到過去的人，該如何改正才能將歷史導向完全正確的道路。

回到過去後，或許發生過的錯誤不再被我們選擇，但那也意味著，曾經走過的風景都會跟著被改變，許多身旁可貴的人事物，也將跟著新的選擇而被拋棄。

第一次升遷拿獎學金、第一次和他相遇、孩子出生的那一刻，和他跨出的第一步與第一次喊媽媽……

抹滅掉錯誤，卻也同時抹掉了曾經擁有的美好、曾經努力的成果，這就如同吃抗生素殺死有害細菌，但也同樣會殺死了有益的細菌。

有得必有失，時光機不能彌補所有的遺憾，況且人生若要分秒的生活均受制於機器，似乎也乏善可陳，一點意義也沒有。

「千金難買早知道」，我們一生都在不斷做決定，小從今天該挑哪套衣服出門？大到是否結婚生子等關乎一輩子，若是我們都有預知的能力就好了，就不會在遇到大小問題時總是思前想後；做了決定後，又忐忑不安地不知道這決定是否正確？或為錯誤的決定而懊悔不已。

美國著名投資家巴菲特說：「商場上要做出好決定，來自於認清之前做過的差勁決定，以及它們差勁的原因。」

　　有差勁的決定，才能累積做正確決定的智慧，從失敗中學習成長，一直都是基因力求生存下來的演化之道。一蹴可成的甜果，終將因沒有淬煉過的苦澀記憶，無法適應這個弱肉強食的世界，很快即被大自然淘汰。

　　若真有時光機，或許拿掉「改變過去」的功能，純屬坐著時光機回顧自己的人生，檢討這輩子是否白活了？或警惕自己之前犯下的過錯，是否會比較好？

# 母親與女兒

文：六色羽

「妳明明就是一個女孩子，為什麼會比一個流浪漢還要髒？衣服從來不會自己拿去洗、書桌下全是脫下來的臭襪子、鞋子這一隻那一隻、房間堆滿了零食和飲料、吃剩的垃圾……」

小雨盯著眼前怒火衝天的人，她發現現在正在對她連珠炮轟炸的傢伙，應該是火星人而不是她媽媽，因為她已經罵了快一個小時了，怒氣還未見有任何消退。

一個正常的地球人，怎麼可能有這麼長的肺活量和體力那樣罵人？鐵定是外星人無誤。對於媽媽的指控，小雨卻一點都不感到自責，還默默的關閉了「收訊系統」，轉為靜音模式，避開媽媽炸鍋般的碎碎唸。

媽媽看她一副無所謂的樣子，氣得沒收她的手機，還不准她出房門看電視，直到她懂得把房間收拾乾淨為止，才能拿回手機。這條規定果然踩到了小雨的底線，讓她再次打開「應對系統」，她開始反擊抗議，母女兩吵得不可開交，媽媽不肯讓步走出房門，小雨甩門把自己鎖在房裡。

小雨氣得要命，房間是她住的睡的，為什麼不能她愛怎樣就怎樣？為什麼老媽對她總是管東管西，什麼都要依照她的方式過生活，好像那樣才活得像個人。

小雨覺得老媽想要控制她，不論在思想上和行為上，老媽都想要得到控制權，那讓她覺得十分的厭煩，也感到十足的壓力，卻又因為自己太小，無法離開對媽媽的依賴，讓她產生又愛又恨的矛盾心態。

　　為了舒緩情緒，她索性將生氣的媽媽和正常的媽媽抽離分開，那個會責罵她一心想控制她的女人，變成來者不善的火星人，和她原來的媽媽無關。

　　也因這樣如同人格分裂的幻想下，小雨對媽媽的愛仍保持不變。當緊張關係獲得改善、母女兩靜下來之後，又能一如往常那樣親膩。

　　當小雨邁入青春期，對於母親想要控制她的想法，讓她們母女間的關係變得更加的敏感，似乎任何看似無害的瑣碎小事，都會觸發小雨煩躁的情緒而突然爆怒，讓她老媽總是認為，和小雨講話已經開始變得如履薄冰、字字句句都得小心斟酌。

　　因童年的幻想力變得薄弱後，幫小雨把壞母親分開的火星人已回到火星去了。再也沒有幻想的隔閡，「關心」與「控制」在她們之間模糊不清的糾纏著，衝突跟著迎面直擊，小雨有些無法招架這樣的現實，於是說出口的話就一句比一句還要傷人！

　　看著母親受傷般的站在她面前，她內心顫抖地逃離現場。

　　母女之間的糾葛，無形中也會延續到下一代關係之中。許多女兒都會信誓旦旦的說：我絕對不要和我媽一樣……

　　於是總是十分謹慎就是希望自己別「重蹈覆轍」走向母親的路，或者不讓生活模式越來越像她。可惜的是，每個女兒在成為母親之後都會發現，自己的每一處，都印有母親曾經歷的種種，也留下了的痕跡。

世事如棋

# 邪　教

文：六色羽

一進公司就接到會計曉惠的家人，打來替她請長假的電話，因為曉惠在住院。

我一怔，住院？昨天還好好的人，今天竟在住院？

當晚去醫院探望曉惠時，她被打得鼻青臉腫的一張臉，我差點認不出來愣在病床前。

走出病房後，她的母親淚流不止的告訴我：「曉惠懷孕了，她那個人渣男友的母親，因為信奉的佛堂師父說他們兩個不適合在一起，要曉惠速把孩子拿掉。還要曉惠拿出七十萬供奉那個佛堂，穩定靈氣吸入佛氣修煉百日之後，他們才能夠結婚在一起之類的鬼話……」

曉惠母親邊說邊拭淚，但臉上不是哀傷，而是無比的憤怒。

我也不可思議的義憤填膺問：「所以就因曉惠不拿掉孩子，她男友就把她給打成那樣？」曉惠雖還未和男友結婚，但因為工作的關係，所以借住在男友家中。

她母親又是點頭，又是不敢相信自己女兒竟會如此遇人不淑。一個神棍為了貪戀他人的錢財，就以無比荒唐的謬論，把人家女兒打得不成人形，連腹中的孩子都快命喪黃泉了！

那個師父簡直就是奪財害命。

以前常聽曉惠抱怨她男友的媽媽迷信宗教到有些走火入魔。大月小月不論什麼節慶都會大張旗鼓的在家祭拜外，還會跑遍大小廟宇膜拜，再到佛堂虔誠的頌一整天的經。

一整棟房子經常被男友媽的焚香，給燻得烏煙瘴氣。

燒金紙會產生懸浮微粒和化學物質，還會釋出甲醛、苯與揮發性有機物而致癌。小孩若是早晚吸入，血液中的鉛濃度還會飆升，嚴重損傷兒童的智力。

記得曉惠前幾天才告訴我她已經找到租屋處，決定要搬出去，該不會是因為她已檢查出懷了孕，所以才會決定搬離？

曉惠為了保護孩子頂撞男友和他母親的信仰，最後卻落得比鉛中毒和罹癌還要淒慘的下場！試問是什麼樣的佛，才會讓信奉祂的人，變成手段兇殘的狂徒？

常常聽到誰誰誰去的什麼佛堂很靈，要不要一起去？

台灣真的快要變成邪教的天堂！美麗珍貴的山林轉眼就被大面積的鏟平，一棟比一棟還要富麗堂皇的佛堂聖地四處林立，面帶微笑的巨大佛像屁股一坐，它周遭的動植物瞬間失去了生存的家，生靈塗炭。

宗教早已成了商人與政客們，爭相為自己遺臭萬年的業障，做為購買贖罪券的依託。走到市區，四處可見各種宗教盤踞一方的雄偉建築，有些真的巍峨參天的讓人嘆為觀止！

有多少人心甘情願被騙到散盡家財，才能築起那樣輝煌的規模？

神棍操控人們薄弱的意志，引領信徒們進入一個超自然的世界，讓信徒以為接觸的上人是萬能的神、是希望之光、是無法理解的奇蹟，所以很多神棍就靠發功吸了很多金，其實不過是魔術師的把戲。

意志與情緒一旦被操控，便容易成為宗教套路的迷途羔羊。於是，好人也開始做出壞事來，以為找到了一盞明燈，沒想到只是成了別人斂財的傀儡，掉入苦海無崖的地獄。

# 2020 我們一起走過的瘟疫

文：六色羽

「武漢有醫生傳出發現致命性肺炎！」

這則有關新冠肺炎的消息，於 2019 年的十一月在 FB 上流出。

心不覺顫了一下，默唸著這可糟了！當年 SARS 人人自危的情況，現在回想起來，都還心有餘悸。

只是除了肺炎，2019 年大陸同時傳著豬瘟、鼠疫⋯⋯但似乎都沒有造成多大的衝擊，而且這則肺炎的訊息也只是網路謠傳，應該是沒有什麼需要特別擔心，抱著再觀望的心態，感慨著又來到了歲末年終，即將要告別 2019、迎向 2020 年了。

台灣的 2020 年，除了準備迎接新的一年之外，還準備迎接一個更大的事情：總統大選。宣傳車一台又一台的在大街小巷竄得熱鬧，大家都熱絡地討論著總統大獎會花落誰家？肺炎的事，根本沒多少人放在心上。

就在選後幾家歡喜幾家愁的餘溫未盡時，1 月 21 日出現首宗肺炎確診病例，震驚全台！看著新聞，恐慌開始在心底微微滾動，我們這一代的人一直活在富足安樂的生活中，地球資源到這一代幾乎被我們剝奪的蕩然無存，武漢危機的鐘聲，是不是在為地球敲響反撲的開始？

中國終於在 1 月 23 日的小年夜將武漢封城，看著武漢人攜家帶眷逃出城的新聞和照片，冷意從背脊一路涼到頭頂，那宛如電影浩劫的畫面，竟真的發生在現實世界裡，而我也正活在這段歷史中，卻依舊沒有

察覺到劇烈的危機感，因為肺炎還沒有來到家門口，原來人們不見棺材不掉淚的劣根性，是多麼的執拗難以折服。

直到 1 月 26 日大年初二年夜飯上，看到兩三人戴著口罩赴餐廳、人人議論著口罩去哪買？成了今晚年夜飯的熱門話題。我這才意識到風雨欲來的氣息竟已那麼濃烈！

某親戚還未雨綢繆的預知口罩即將成為炙手可熱的商品，不斷心急的向某議員代表的遠親，懇求他透過關係幫她囤積口罩想大賺災難財，那可笑滑稽的模樣真是令人反感。

我情不自禁的回頭看向高堂滿座的餐廳，若是那肺炎真的已經跟著回國的人傳到了台灣，那麼現在這頓飯，簡直就是一場死亡宴！就像後來媒體報導的武漢萬家宴，萬人齊聚一堂吃年夜飯，結果感染宛如骨牌效應一發不可收拾。

我毛骨悚然，突然有股想拉著孩子衝出餐廳的衝動。

晚餐看似平靜地結束，隨著中國人回家過年的習俗和漫長的年假，人口在世界各地大規模的流動，疫情也在移動中無聲無息的醞釀。

果然，沒有人有能力阻止得了這隻病毒，義大利於三月爆發一個超級傳染者之後，全世界開始全面失控的大爆發！

　　搶口罩、搶衛生紙，連出門都疑神疑鬼，神經質式的勤洗手噴灑酒精，大家都恐慌的看著新冠肺炎一步步的扣門逼進，連一年一度的全台瘋媽祖都識時務喊停，全球陷入一團混亂，人定勝天的神功傳奇破滅！

　　全球經濟前所未見的停擺、飛機停飛、城市被封後成萬人空巷。

　　但就在人類乍然消聲匿跡的同時，郊狼群罕見的漫遊在美國芝加哥市中心與舊金山的金門大橋、海龜在以往人山人海的海灘上大量產卵。

　　疫情也讓印度高居全球「空汙之都」榜首的新德里，能直接望到數十年難得一見、160 公里外喜馬拉雅山脈白雪皚皚的山稜線。

　　疫情對人類而言無異是場浩劫，但我們停不下來的經濟腳步，這場瘟疫卻驅散了彌漫著天空長年來厚厚的毒氣，讓我們看見了好久不見的藍天白雲。

# 淺談撞球

文：藍色水銀

最近在臉書的影片跟直播，有台塑盃全國撞球錦標賽，選手中出現了一位重量級的人物：趙豐邦，以及他的愛徒楊清順，還有一些其他的好手，也都參加了這場賽事。

趙豐邦，媒體給他的綽號：「冷面殺手」，比賽時總是面無表情或冷冷地笑，他不止進攻犀利，防守更是一流，總能讓對手恨得牙癢癢。他在 1993 年、1997 年、2000 年三度世界總排名第一，也拿下 1993 年及 2000 年世界花式撞球錦標賽冠軍，1998 年曼谷亞運會拿下一金一銀一銅的佳績，其餘獎項不再贅述，他不止是台灣的球王，更是永遠的世界球王。

說趙豐邦是台灣撞球界最重要的人，一點也不為過，因為他帶動了撞球的風氣，也因為他讓撞球從列管的特種行業，變成競技及休閒體育場館業。1997 年緯來職業撞球大賽的轉播，球評精準的分析球路與打法，讓許多撞球愛好者突飛猛進，一時間，撞球成了台灣的國球之一，可惜的是這個比賽在 2016 年畫下句點，不再舉辦。

因為政府漠視，幾乎沒有任何補助，讓撞球選手無法全心全意投入自我訓練，導致這些高手必須自費出國比賽，如果拿到前幾名，獎金還算可以，但如果只是八強或 16 強，那麼可能連機票錢都不夠，也因為如此，折損了許多頂尖的好手，新一代的高手，似乎在程度上遠不如當年，1997 年之後的十年，然後，我們的國球之一：撞球，像流星般燦爛一時，然後走向新的黑暗期。

　　失去經濟的支助，失去轉播，台灣的撞球只剩下女子組的安麗盃，但很不幸的，2018 年也畫下句點，在頒發最後一次的冠軍獎盃之後。多麼讓人感傷的一刻，曾幾何時，我們的撞球淪落到臉書直播了，既沒有專業的攝影角度，更沒有精準的畫線解說，看著聊勝於無的畫面，腦海裡浮現的是二十年前世界花式撞球錦標賽決賽的情景，四強賽驚險過關的趙豐邦，在冠軍賽痛宰對手，那才是真正的轉播，那是對選手的一種尊重。

　　撞球，樣樣都講求精準，球桿的粗細與角度、球桿頭的研磨、出桿的力道、角度、球桿頭與母球的相關位置、手臂的柔軟度等等都非常重要，而這些也僅僅是基本動作而已，除了反覆練習，還要有個好教練，沒有好教練，幾乎很難突破盲點更上一層樓，失去舞台的選手們，彷彿也失去目標了，出桿不再謹慎考慮，有些連基本動作都不行了，僵硬的身體，背後的涵義是這個選手的心理素質不足，因為大部分的時間裡，選手都是在跟自己比賽，每一次出桿都是，如果連這樣的小場面都會緊張，想要在世界級的比賽嶄露頭角是不可能的，不知何年何月何日，台灣的撞球能再創顛峰？

世事如棋

# 淺談保齡球

文：藍色水銀

　　最近的媒體，寫著短短幾百字的報導，裡面提到台灣的保齡球是如何沒落的？在此，我也提出自己的看法。那是二十八年前的春天，我第二次踏入球館，買了一顆屬於自己的球，穿上球鞋踏上助走道，展開了長達八年的保齡球夢，最終在長達三年的撞牆期後放棄，那一年，我知道我已有機會當選國手，全年度比賽平均分數 216 分，但最後我放棄了選拔賽，同時期，台灣的保齡球發展達到顛峰，極盛而衰，至今的狀態是一代不如一代。

　　馬英傑，「飛碟球之父」，雖然飛碟球不是他發明的，但他卻一手拿下了台灣首度的世界冠軍，開啟台灣人瘋狂學習飛碟球的風氣。楊振明：「飛碟球之神」（這個封號是我給的），他除了拿過世界冠軍外，也致力於台灣保齡球的延續，他指導過的吳浩銘，也在三年前拿到世界冠軍。對沒看過楊振明打球的人來說，其實非常可惜，因網路上的幾隻影片，算是他狀況不佳的時候，他的實力，在真正顛峰的狀態時，全倒的比率超過七成，就算沒有全倒，擊瓶點也落在全倒點的左右一公分範圍內，那種氣勢讓人不寒而慄，一場比賽的平均分數常常超過 230 分，甚至 250 分，這對所有的後輩來說，就算是練習時都是一個遙不可及的目標，甚至一生一次都有困難，但對楊振明來說，平均 230 分是低標。曾素芬：「飛碟球公主」，是台灣第一位進入世界保齡球名人堂的女選手，顛峰時期的她，可以擊敗大部分的男子高手，可惜的是為情所困，在統治保齡球界十年之後，輕生身亡。

　　跟撞球一樣，保齡球也曾是我們的國球，號稱「飛碟球王國」的台灣，當時高手如雲，多位國手在國際比賽奪牌，或是拿下冠軍，但在二十年前，許多球館開始停止營業，機器拆到大陸賣掉，許多球員失去了區域性比賽的舞台，最終，選手越來越少，頂級的好手更是寥寥無幾，這也是保齡球沒落的原因之一，因為想要成為選手的客源，占了球館收入的二成左右，甚至更多。

　　在球館數量達到顛峰之後，開始出現了削價競爭，導致球館無力維持球道、更換球瓶、保養機器、服務品質，惡性循環之下，客源開始流失，為了減少開銷，從 24 小時營運改成 21 小時，甚至 16 小時，流失更多客源之後，只有倒閉一途，接著，如骨牌般的連鎖反應，大部分的球館都收掉了，想成為選手的人，連練球的地方都沒有了，真的讓人不勝唏噓，球館、選手、金牌都成了回憶，不知何年何月何日，台灣的保齡球能再創顛峰？

世事如棋

# 淺談攝影

文：藍色水銀

　　科技的進步，讓手機整合許多功能，例如計算機、手電筒、鬧鐘、計時器、月曆等等，當然，還有跟這個題目有關的照相機與攝影機，高階機種甚至有 4K 錄影，不過，手機拍照畢竟有先天上的不足，但在攝影的領域裡，優點也是缺點，缺點即是優點，該怎麼善用優點，是本篇要談的。

　　手機拍照固然方便，但畢竟感光元件小，因此在低光源之下，能夠得到的畫質不會太理想，如果在手機看可能還不錯，若是要大圖輸出或是用 4K 觀賞，絕對慘不忍睹，即使廠商都號稱大光圈可以改善。另一個缺點就是廣角拍攝時，被攝物很近時，邊緣變形非常嚴重，或是景深太深，即背景太清楚，或許目前有軟體可以模擬，讓背景模糊，但效果仍然不夠好。

　　談完了缺點，手機拍照的優勢如下。一：景深較深，因此可以使用較快的快門速度拍攝風景。二：HDR 功能強大，也就是明暗差距太大的時候，可以拍出漂亮的照片。三：角度不夠廣時，全景拍攝的接圖能力強大。四：自拍方便，若是單眼相機，則太過笨重，不適合自拍。五：即拍即傳，但單眼相機則需要轉接才能上傳至社群網站或 Line。

　　單眼相機最大缺點，是錢，所謂的好相機都很貴，好鏡頭也是，但若把這個因素除去，手機難以取代，而單眼相機能做到許多部分如下。一：長焦段，手機拍攝即使加上外接鏡頭，也無法跟單眼比。二：連拍，現在的單眼，電子快門多半可達十連拍以上，且有自動追焦，手機是辦不到的。三：微距：要拍攝出漂亮的微距照片，必定要使用單眼相機，

手機拍的品質差太多。四：閃光燈應用，手機無法布燈拍攝，尤其是戶外，除非使用固定燈光。五：人像攝影，無論是淺景深的背景，或是棚內的商業人像，手機表現出來的感覺是無法比較的。六：前製，也就是加濾鏡、利用特殊技巧，如搖黑卡、將前景幾乎貼在鏡頭上拍，造成半透明的色塊。七：大圖輸出，手機拍的照片，如果洗出來，多半是品質不佳，單眼則非常漂亮。以上都是單眼相機的優勢，手機在未來十年都難以超越。

　　簡單分析後，就可以知道，如果不是商業拍攝、夜間、微距、長焦段、人像等等，一般人使用手機拍照是綽綽有餘的，可是無法滿足對相片要求較高的族群，這些人，他們自然會使用單眼拍照，也會購買昂貴的鏡頭、閃光燈、腳架等周邊設備，好讓他們可以拍攝的題材更豐富。

世事如棋

# 淺談棒球

文：藍色水銀

　　若說要找一種球類運動，說它是台灣的國球，棒球絕對是最多人選的。說到台灣的棒球，要從 1969 年開始，台中金龍少棒隊贏得亞洲少棒冠軍，隨後參加美國威廉波特舉辦的第 23 屆世界少棒大賽，連勝三場贏得冠軍，從此練習棒球的風氣在台灣展開，之後的世界少棒大賽，台灣共拿下 17 次冠軍，扣除前二十年不開放亞洲球隊參加，台灣的冠軍數比美國還多一次。青少棒則從 1972 年開始，連續九年奪得冠軍，共計拿下 19 次冠軍。青棒從 1974 年開始，也是拿下 17 次冠軍。如此輝煌的成績，讓棒球成為台灣真正的國球。一群人半夜爬起來，圍在電視機前面看轉播的景況，恐怕是現在的年輕人難以想像的，以當年的收視率換算觀看人數，應該超過百萬人。

　　至於成棒，1992 年奧運會奪得銀牌、1984 年世界盃亞軍及三次季軍、2015 年世大運金牌為最佳成績，或許成績不如青棒等三級棒球，但 WBSC 即世界棒壘球聯盟的世界排名，台灣在 2020 年還是高居第四。2020 年，是個非常特別的年度，COVID-19 病毒肆虐全球，中華職棒破天荒成為全世界唯一開賽的聯盟，後來其他各國才陸續開賽。

　　中華職棒於 1989 年成立，初期為四隊，後來增加至七隊，但目前又縮減為四隊，根據官方網的消息，2021 年味全龍隊將回歸，也就是會有五個球隊。1996 年台灣職棒大聯盟成立，2003 年解散，也就是說這個時期的台灣有兩個職棒聯盟。多次爆發假球事件的中華職棒，分別在 1996 年、2008 年、2009 年發生大規模假球案，儘管如此，台灣人

對棒球的熱愛並未減少，目前共有三家電視台轉播，啦啦隊規模更是三十年來最大的狀況。

也因台灣是棒球國度，許多優秀的選手被美國、日本球探相中，進而旅美、旅日，其中王建民更於 2006 年以 19 勝 6 敗拿下美國大聯盟年度最多勝投手（並列），生涯 68 勝 34 敗的成績，於 2016 年離開大聯盟。每年，從台灣到國外發展的球員從數名到十多名不等，凸顯出台灣職棒的問題，主要還是薪資太低，以現任在美國的十多人為例，簽約金最低的都有十幾萬美元，多數落在三十至七十萬美元，這個數字是中華職棒不可能給得起的，而旅日選手也多半超過一千萬台幣，薪資不高是中華職棒的致命傷，就算是最高薪的明星球員，也不過年薪千萬，相較於美國，今年排名第一的球員年薪約十二億台幣，一個人薪水就超過整個中華職棒，含球員、教練、助理的總合，甚至含聯盟所有費用，這就是為什麼中華職棒無法留住好球員的重點；難以解決，也無力解決。

世事如棋

# 淺談泡茶

文：藍色水銀

　　喝茶，有非常多的好處，因此很多人都有泡茶喝的習慣，至於有些什麼功效與缺點，就請自行「孤狗」，不在此贅述。本篇要談的是比較細節的部分，也是許多人會忽略的。

　　首先要談的是泡茶的水，自來水、礦泉水、純淨的水、山泉水，這是我們一般比較容易取得的，自來水泡的茶可能含鐵質，容易讓茶湯變褐色，也會比較澀。礦泉水只要 PH 不高，就算還可以泡茶的水。純淨的水屬於軟水，茶湯可以更快達到可以喝的速度，非常適合講求效率的現代人。至於山泉水，還是要看產地、季節，因為植物的落葉會影響水質，雨季的水質也會變化。

　　不同的茶葉需要不同的時間來泡，例如東方美人茶，首泡僅需 15 至 20 秒就倒掉，接下來約 35 至 45 秒就可以，然後 50、70、100、140 秒，五泡大約是極限。至於泡多久，還有一個重要的因素：茶壺，不同的茶壺也會造成不同的結果，另外，夏天如果沒有開冷氣，泡的時間較短，冬天如果寒流，則必須比夏天多 10 至 15 秒左右。泡得太久時，鞣酸會偏高，會讓有痛風的人發作，或是尿酸升高，不益健康，另外茶多酚會氧化，有益的維生素跟胺基酸會因氧化減少，而太多泡也不好，不管別人怎麼告訴你，這茶葉多耐泡，我的建議是別超過五次，最後釋放出來的，會有較多農藥跟重金屬。

　　有人說茶會傷胃，其實是因為澀，澀不止會傷胃，也會造成牙齒的鈣質流失，用正確的泡茶方法，便不會澀，當然也就沒有上述缺點，如果還是擔心，那就多花點錢，比賽得獎的高山烏龍茶，理論上就沒有這

個問題，尤其是梨山、大禹嶺、福壽山等地的茶，所以，這些產地的茶價格就比較高，不論是否得獎了。

不同的茶會有不同的香，不妨使用聞香杯，將茶倒入後，再將品茗杯蓋在上面，然後壓緊並迅速翻轉，讓茶湯進入品茗杯，此時的聞香杯雖然是空的，但卻有淡淡的茶香，鼻子靠近並吸氣後便能了解，目前喝的茶到底是什麼味道了！使用這個方式，要注意安全，燙到了可不好。另外，保存茶葉也很重要，除了罐子、食品級乾燥劑，打開後的茶葉就盡快泡完，超過兩個月就有可能品質下降，所以越好的茶，每包的重量就越少，除了價格的因素，主要還是不想浪費了好茶。

世事如棋

# 淺談水晶

文：藍色水銀

　　不同水晶，有不同的功效或能量，網路上資料很多，同樣不贅述，不同的人，也會因時空環境不同，需要不同的水晶，或是完全不需要。

　　至於使用的方式，因人而異，當成裝飾品的有墜子、耳環、手珠、手排、手環、手鐲等，這些方式深受大眾喜愛。另外有七星陣、大衛星、梅爾卡巴、水晶柱、晶洞、晶簇、聚寶盆等，注重的就是能量，不論東西方，都有各自的特殊使用方式。雕刻類，便宜的多半是貔貅、龍龜、三腳蟾蜍、麒麟等，高價的雕刻如觀音、龍等以收藏的目的較多，高價的水晶球也是，以白水晶球為例，2005 年時，150mm 的全美白水晶球，市價約 150 至 200 萬台幣，目前就算有錢也買不到，估計目前價格在 1,000 萬附近，鈦晶球也是，當時約 50 萬的鈦晶球，目前也是漲到數百萬，就算捧著現金也未必有人願意轉手。

　　幽靈水晶因獨一無二，所以價格沒有準則，不像白水晶球或飾品，多少重量或大小，有一定的行情。幽靈水晶除了飾品，多半做成球、雕刻、擺件，有「一幽一世界」之稱，看對眼了，買進後就是你的寶貝，看不順眼，再貴也只是一顆水晶而已，但仍然有：個頭大、清透、稀有等準則，有特定的族群在收藏，相較十五年前，也漲了數倍之多。

　　最近幾年則是炒作超七、碧璽、彼得石，價格已經高不可攀，至於後續是否能維持，則不得而知，只聽說超七的能量很強，彼得石的功效很多，而其觀賞價值也高，通常也獨一無二，所以就成為新寵。無暇的碧璽據說漲了數十倍，實在讓人意外。

在此稍談一下優化或人工改色，白水晶經高溫，會變成茶晶，但茶晶因為不如白水晶受歡迎，所以幾乎沒人會這麼做，但紫水晶加溫後，會變成紫黃晶或黃水晶，而黃水晶為大眾所喜愛，所以加溫的紫水晶變成黃水晶，就成了優化的主力之一，就像藍寶石、拓帕石一樣，優化後的顏色深受歡迎。

因水晶有記憶，所以從開採、加工、包裝、運輸、大盤、小盤、市場都有人碰觸，在磁場上來說比較混亂，所以買回來一定要消磁，千萬別直接佩戴，當然，試戴的時候沒有關係，記得曾經買了便宜的水晶，忘了消磁，結果那個賣我的人因為缺錢，心中充滿怨氣，我戴了之後，竟然也跟他一樣，喜歡怨東怨西，還好有發現，否則那狀況不知會持續多久……

世事如棋

# 淺談藝術品

文：藍色水銀

　　任何一種藝術品都一樣，有便宜的入門款、有中價位的進階款、高價位的收藏款，不論哪一種，自己喜歡最重要，是否能增值為次要，如果不喜歡，也許就不會珍惜，即使哪天增值了，結果因為破損、灰塵、腐蝕而價格打折，增值的部分又被折損了，不是嗎！？

　　不論哪一種，都會有價差、仿造、騙局、投資報酬率、投資風險、轉手等問題。以價差來說，我父親曾經於黃山旅遊時買了山水畫捲軸，花了 1200 元人民幣，看似非常划算，但其實在對的地方買，類似的量產型山水畫只需不到百元人民幣，這例子便是價差與騙局都有。約十年前，認識了一個收藏畫的朋友，他的收藏，以略有知名度的畫家為主，其中一張畫是仿造的，除了錢被騙，增值的空間也沒有了，另外一張，購入的時候畫家並不出名，所以價格只有 5000 元左右，但畫家知名度越來越高，且於去年忽然過世，該畫最後以 150000 元賣出，報酬率高達三十倍。

　　我個人遇到的最大騙局，是一位朋友拿出一幅《清明上河圖》，想要當抵押跟我借錢，我當場告訴他不可能是真跡，他不信，於是我把我個人收藏拿出，有《八駿圖》、《百子圖》，當然也有《清明上河圖》，這些都是低價的仿造品，是我各花了 200 元台幣，在某拍賣場買的，兩張《清明上河圖》一比對，果然是完全相同的仿製品。他會被騙，除了太相信別人，也是因為自己對藝術品行情太沒概念，區區 200 元台幣，怎麼可能買到國寶級的名畫，而對方為了賣假畫，有偽裝的清朝皇室後

代、偽裝的私人畫廊館長、偽裝的大學藝術科系教授,唯一的破綻就是這畫是印的。

　　如果買來投資,要特別注意的是購買的價格是否合理、畫的真偽、保存的場所是否合適、轉手是否容易,有些藝術家的作品,被炒得漫天高,價格甚至已經超過梵谷、莫內、畢卡索的畫,我不認為這樣的畫會有多少增值空間,能不掉價已經非常困難。至於真偽,除了找個行家,最好能親自跟藝術家購買,或是於展覽時購買,並加購展覽的畫冊,供日後證明曾經展覽,最好請藝術家跟作品合照,買回家後,真的要照標準的收藏方式,否則十年、二十後,就算藝術家已經成名,卻沒有把畫保存好也是空歡喜一場而已。而最高階的收藏品,建議多跑跑高價拍賣場,先稱稱自己的斤兩,再來決定是否入坑,因為,這不是普通的坑,而是無底洞,除非是企業家才玩得起。最後提醒一下,所有拍賣場都會有自己人幫忙喊價,包含直播,千萬不要被熱鬧的氣氛騙了,以免傷了荷包,事後又悔恨,當時自己怎會如此愚蠢。

世事如棋

# 淺談奢侈品

文：藍色水銀

　　談到奢侈品，許多人會先聯想到高檔包包、衣服、超跑、名錶、珠寶、名酒、豪宅等等，這些都算，或許你會說：不需要用那麼好的，那麼貴的，但它們其實還有一個讓人意想不到的作用，就是會激發你內心的潛能，當你想要擁有及使用這些奢侈品，自然而然就會想要更努力賺錢，花更多的精力在節儉、財務規劃、自我約束等等，也就是邁向成功的其中一個步驟。

　　奢侈品分為消耗品、身分象徵、收藏增值等類別，例如量產型的包包，即使一個五萬元，但因為它不獨特，所以不會增值，它就屬於消耗品，頂多加個身分象徵，但限量版的超跑，例如全球只有三輛的，購買時即便已經是天價的五千萬以上，但日後還是有可能增值到一億以上，珠寶也是，如果是三克拉以下的鑽戒，無論它的 4C 是多麼完美，終究也只是量產型，頂多保值或微幅升值，而大克拉數的鑽石、祖母綠、丹泉石、紅寶石、藍寶石等，則有可能價格越來越高，日後想轉手，仍然是熱門的項目。

　　最特別的應該是名錶，隨著手機功能越來越多，現代人已經幾乎不戴手錶，因此手工製錶師傅越來越少，當這些師傅數量減少到一個臨界點，手工名錶的價格便會開始攀升，當幾十年後再把錶拿出來轉售，也許會有驚人的價格。我記得 2003 年時，買了一批幾乎完美的碧璽，當年每克拉的批發價格也不過 300 至 500 元台幣，短短十多年，超過十克拉的裸石竟漲了數十倍之多，連帶接近十克拉的也都漲了十倍以上，真的是讓人瞠目結舌。

　　或許，你現在買不起，但可以許願，總有一天可以買得起，有了這股動力，就不會把錢拿去亂花，也不會自暴自棄，當有了正面的能量在腦海中時，人生就容易走向成功的方向，你許願想要住豪宅，將來才有可能住豪宅，你許願只要三餐溫飽，騎摩托車就可以，那麼就有可能六十歲還在騎車上班，房屋貸款也許繳到退休還沒結束，沒有誰對誰錯，但回頭來看，很多血淋淋的例子，當你許願過平凡日子，這是正確的，不過一旦發生巨變，例如父母親久病、兒女不聽話闖禍、自己騎車不小心撞上名車，這時你才會發現，錢不夠用了，你會巴不得自己有很多閒錢，但可惜沒有，因為平常沒許願，所以沒存多少錢，因為錢都花在交際應酬、高級餐廳、化妝品、健身房、改裝汽機車、高檔手機、單眼相機等等，最後，這些被我歸類為消耗品的花費，就會成為你不必要的奢侈品，成為未來後悔的理由。

世事如棋

# 淺談水族箱

文：藍色水銀

很多人家中都有一個水族箱，也許養了許多魚，也許曾養過什麼？但目前它是空著，不論是什麼原因造成的，現在的它就是空著，未來也可能是。

就像唸書一樣，用功的學生成績通常比較好，用功又聰明的學生成績就更好，養魚也一樣，有人養到可以繁殖、比賽、得世界冠軍、經營養殖場，也有人不用功，才花三天就把買來的魚全養死了，就好像幼稚園小班的孩子，可能連自己的名字都不會寫。

以亞馬遜流域的燈科魚來說好了，牠們在水族界很熱門，但並不好養，牠們偏好攝氏 24 到 28 度的水溫，台灣的冬天跟夏天分別超過了上限和下限，尤其是冬天，它們可能出現白點病，所以冬天必須把水族箱加溫，並把溫度調整至攝氏 24 度以上，牠們才不會死亡，但電費會非常驚人。另一個問題是水質，台灣的自來水是硬水，牠們偏愛弱酸性的軟水，因此，將水調整到這個狀況是必要的。第三個問題是過濾器的水流，它們弱小的身軀是承受不住太強的水流的，最常見的是晚上睡覺時被水流沖到，第二天就死了，所以要將出水口做一些改變，讓水慢慢流或是滴流最好。第四個是混養，有些魚是肉食性的，把毫無防衛能力的燈科魚養在一起，就只會變成牠們的食物而已。第五是飼料，除了飼料的種類，顆粒大小要盡量小一點，囫圇吞棗的結果就是消化不良，甚至導致死亡。第六是餵食的頻率跟數量，魚可以很多天不吃，所以就算三天餵一次也可以，每次一點點即可，太多的話只會沉到底部，造成水質惡化。第七是燈光，無論燈光或日光，照射時間太久容易產生藻類跟

青苔。第八是換水，固定時間換 30 到 40% 的水是必要的。而以上只不過是基本的概念，如果種水草，要考慮的會更多。

如果不養了，千萬不可以拿去放生，因為燈科魚不能撐過台灣河流的冬天，放生其實是放死，應該想辦法找人接手才是。其他比較強勢的物種，例如琵琶鼠，因為生命力強韌，被放生後已經繁殖的到處都是，而且把本土的魚種、蝦、蟹都吃得所剩不多，加上沒有天敵，造成的生態浩劫實在難以估計，另一種叫做美國螯蝦，即克氏原螯蝦，不只是吃魚，連青蛙、蝌蚪、烏龜都吃，對台灣跟全世界的生態都造成巨大的衝擊，放生前，務必想清楚，外來種放生必定是大錯特錯的行為，一念之仁，換來的是許許多多本土物種的犧牲，甚至絕跡，確定是放生嗎？還是當了劊子手？

國家圖書館出版品預行編目資料

世事如棋／Jaja、君靈鈴、六色羽、藍色水銀　合著.　—初版.—
臺中市：天空數位圖書　2021.01
　面：公分
　ISBN：978-986-5575-12-0（平裝）

863.55　　　　　　　　　　　　　　　　　　109021761

書　　　　　名：世事如棋
發　行　人：蔡秀美
出　　版　者：天空數位圖書有限公司
作　　　　者：Jaja、君靈鈴、六色羽、藍色水銀
編　　　　審：亦臻有限公司
製　作　公　司：牛點有限公司
版　面　編　輯：採編組
美　工　設　計：設計組
出　版　日　期：2021 年 01 月（初版）
銀　行　名　稱：合作金庫銀行南台中分行
銀　行　帳　戶：天空數位圖書有限公司
銀　行　帳　號：006-1070717811498
郵　政　帳　戶：天空數位圖書有限公司
劃　撥　帳　號：22670142
定　　　　價：新台幣 260 元整
電子書發明專利第　Ｉ　306564 號

※　如有缺頁、破損等請寄回更換

紙本書編輯印刷：
電子書編輯製作：
天空數位圖書公司　E-mail：familysky@familysky.com.tw　http://www.familysky.com.tw/
地址：40255台中市南區忠明南路787號30F國王大樓　Tel：04-22623893　Fax：04-22623863